우리 시대 현대시조 100인선 33

불빛

진 복 희

태학사

우리 시대 현대시조 100인선   33

불빛

초판 인쇄 2000년 12월 28일 • 초판 발행 2001년 1월 1일 • 지은이 진복희 • 펴낸이 지현구 • 펴낸곳 태학사 • 주소 서울시 서초구 서초2동 1357-42 • 전화 (02) 584-1740 (代) • 팩스 (02) 584-1730 • e-mail thaehak4@chollian.net • home page www.thaehak4.com • 등록 제22-1455호

ISBN   89-7626-609-9   04810 • ISBN   89-7626-507-6   (세트)

제4부 불빛

제1부 광어

개펄에 누워

― 시집을 낸 후에

썰물이 빠져나간
긴 개펄에 누웠다
허위단심 달려오느라
다 풀어진 옷섶자락
드러난
앙가슴 가득
모래시간이 깔렸다

헝클린 머리칼 너머
질주하는 네거필름
선뜻 몸을 일으키니
선명히 트인 수평선
내 앞을
가로막아섰던
짐승 한 마리 비켜 선다

시래기국

바람벽
지고 앉아
비린 속을 헹궜었지

모지라진 사투리가
뒷덜미에 다숩듯이

때없이
느꺼운 시래기국
진을 치는
허기 몇 두름

참빗

참빗 하나
해거름녘
내 눈빛에 오래 젖는다

소리 죽인 팔십 년
홀로 누린 울타리 속

삼동(三冬)내
울엄니 실낱 울음으로
문풍지 적시던 것

광어

그 너른 고샅을
두루 고루 누볐으니
이제는 아무것도
안중(眼中)엔 없다는 듯

녀석은
이끼 슨 바윗돌
눈도 귀도 감았다

지천명(知天命)

쉰 고개
어스름녘
고적(孤寂)한 방문고리

성긴 발자국
틈새로
저려드는 발소리

한밤내
마른 젓대를 물고
한 소절(小節)을 고른다

파도

새우잠 자는
내 등짝을
파도가 후려친다

물결에 몸을 맡겨
물살 헤쳐 가라고

거슬러
허우적대는 나를
매질하듯 후려친다

석양(夕陽)

— 지천명(知天命) · 3

살점은 다 발리고
뼈만 데리고 돌아온 노인

등 굽은
바다 한 끝을
간신히 치켜들고

뒤채는
물굽이 굽이
혼신(渾身)으로 지운다

육봉(肉峰)

길게 누운 사막 위에
불끈 솟은 한쌍 육봉
끝없이 흔들리며
점찍는 외가닥 길
태양은
쌍봉우리 계곡에다
불또아리를 틀었다

꿈 같은 그 외길 밟아
나도 좇는 저 신기루
돌이키면 헛손질
내 속에 내가 갇혀
애간장
숯타는 가슴만
지평선에 걸렸다

더러는 눈도 귀도
돌개바람에 내맡긴 채

매몰된 빛 더듬느라
등이 휘청 굽는데
더불어
떠메고 가는 하늘도
옹이 박혀 새까맣다

제2부 소나기

수화(手話)

재운 말씀 밖으로만
온전히 뜨는 손짓
손가락 마디마디
출렁이는 어스름녘
바다여
거느린 지병(持病)을
뉘 살품에 묻으려고

귀대이면 나울마다
소슬한 푸른 목청
저문 바닥 일으키는
그리움만 깊어져서
갈수록
그대 잠 속까지
모질게 파고 들어라

꽃

그대를 배경으로 꽃이 되고 싶었다
그대가 풀어 보내는 가락에 실리어서
벙그는 속잎 더불어 발음 되고 싶었다

그대 그 적막(寂寞) 속에 씨방으로 들어앉아
감감한 어깨를 흔드는 향기 되어
보오얀 분살 오르는 세상 열고 싶었다

섬·1

한 물결 재워 보내면
또 한 물결 나울쳐 온다
물벼랑 타내리며
끝도 없이 타는 기갈
끓는 피 다 썰물지면
짓무른 멍이 남을까

새기는가 내쳐 앉아
바다 큰 눈시울을
수심(水深)에 살먹이며
얼어붙은 한마디 말
잦은 저 파도머리를
쉼없이 우는 금줄

섬 · 2

그대는 모르오리
한 바다 품은 죄를

떠도는 그 바다에
무릎 꿇고 앉은 형벌

모르리
물보라를 끓이고도
다시 서는 불기둥

청맹(靑盲)

눈물로도 슘지 못할
돌피가 자라는갑다
귀울음 이슥한 낮의
눈 못뜨는 청맹인 죄(罪)
허공에
살접 붙이느라
그 몸살을 하는갑다

뭇잠 함께 떠나고
무심한 마을 어귀
먹장의 살 한 점씩
도려내어 접붙인 죄
아닌밤 홀로 남아서
서릿발로 우는갑다

제야(除夜)

오늘은
너도 재우고
저무는 눈벌에 섰다

지워지는 길 위로
저려드는 목숨 한 닢

감감한
하늘 떠받고
삭정이가 울며 있다

버선

진날 갠날 허적이며
설디선 당신 발가락
싸안아 받고 싶어요
무량의 빈 손으로
신새벽
움돋는 이름처럼
뿌리되어 땅이 되어

창공(蒼空)에 울음 가두고
대낮에도 허방 짚는
당신의 저린 발가락
다잡아드리고 싶어요
새도록
말간 물살 들게
품어 가고 싶어요

소나기

벌판 끝
천둥 밟던
맨발이 저랬을까

빈 골짝
핥고 가던
회오리가 저랬을까

접질린
뉘 사랑만 같아라
내처 닫는 저 서슬!

나목(裸木) · 1

지엄한 그 어깨 위에
내 어둠을 얹었네

푸른 꿈을 받쳐들고
일어서는 저 몸서리

내 잠도
갈망의 허울임을
그를 두고 알겠네

그대·1

눈 못감는 바람벌에
목숨 푯대 꽂아둔 채
미농지 같은 가슴 대고
세상 쓸어가는 그대
쓸려간 발자죽만 훔치는
부끄러워라 나의 살

삭이고 삭이다가
흘려놓는 한 점 핏톨
오밤중 눈을 뜨면
홀로 남은 그대 흰뼈
더듬어
헛말만 엮는
부끄러워라 나의 살

그대·2

삭히어도 종일을 닳지 않는 돌 하나
그대 지른 팔매질 수심도 없는 길을
흘러서 목숨만 아린 여울 이리 깊을 줄을……
한날 한시라도 그대 떨쳐 버려두고
저리던 어둠자락도 기어이 버려두고
나는야 천둥 벌거숭이 허공뿐인 벌거숭이
말씀 밖으로만 울리는 그대 공허한 발소리
그마저 눈감아 어둠마저 눈감아
마알간 꽃대궁으로 물오르고 싶어라

라일락

밀치어도 아련히
외길로 드는 기척

물미는 생각들만
크렁크렁 어리어서

말로는 이르지 못해
가슴 열어 보이는지

버들개지

방에 들여 겨우내
눈총만 건네다가

한 톨 두 톨 연해 올리는
마른 기침 소리 소리

붙박힌 어둠을 쪼며
네 지문을 뜨고 있다

제3부 아파트

불혹(不惑)의 봄

파란 불길로 번지는 물오른 산등성을
죽지 돋은 양 내닫던 다박머리
나물은 뒷전인 채로 종달새 따라 솟구치고

못다 캔 달래 쑥내에 몸만 적셔 오는 날도
상기 찰랑거리는 햇살이며 바람이며
천지에 이는 물살은 해종일을 겨웠다

한눈 팔던 그 버릇이 불혹(不惑)까지 옮겨와서
철 맞아 가꾸는 꿈동산은 푸르른데
겉도는 발길 둘레로 에돌아가는 봄이여

아파트

벽을 지고 앉으면
일어서는 또 하나의 벽
목숨의 덩굴손만
덧없이 자라는데
투신할
한 평 땅도 없이
나는 한갓 떠도는 섬

입덧난
한 그루 분(盆)을
창가에 옮겨 놓고
실뿌리만 무성한
내 가슴을 들여다본다
긴긴 밤
낫질 일삼는
손길인 듯
불길인 듯

녹음

두고도 쓰지 못한
초록 첩첩 두루마리

염천(炎天)을 다 적시는
무성한 저 불길

내 안에 씨내린 것들
물맞잇길에 오르네

초침(秒針)

비와 바람
뇌성도
그리 울어쌓더니

뒤란엔
푸새만이
턱없이 웃자라고

발등에
떨어지는 초침(秒針)소리
빈 집에 가득하다

나목(裸木) · 2

보이니
보이니
허공을 가른 실핏줄

비우렴
비우렴
네 가득한 날개 위해

땅 끝에 실리는 잠이
서릿발을 몰고 온다

잇대는 생각 세 개

제비꽃

무덤 가에 망울망울
한 무리 제비꽃들
깊은 잠 돌아나와
저희끼리 살 부빈다
이승잠 죄다 꿰어도
꿰이잖는 보랏빛

보랏빛

불 켠 보랏빛 속에
얽혀 있는 빛살고리
고리는 고리를 물고
체머리를 흔든다
근방엔
어지럼에 실려
내닫지 못하는 빛

죽음

죽음 들추는 보랏빛
어지럼 데불은 빛살
사태 만난 아이처럼
도망하는 나를 본다
언제나 어룽지우며 쫓기는
내 남루가 보인다

눈발 · 1

어둠도 깊어지면
스스로 눈을 뜬다
흰 사슬을 풀어서
놓여나는 동짓밤을
누군가
북채도 없이
춤사위를 엮고 있다

눈발 · 2

동천(冬天)을 수틀삼아
넋을 뜨던 바늘 자국
매운 바람을 갈라
말문 이제 트이신가
가슴 속
빙판을 질러
날아오르는 새떼들

장마

상한 공룡(恐龍) 하나가
하늘을 할퀸다데

갇힌 울부짖음에
무너지는 둑 너머로

유실(流失)된 정물 몇 개가
도둑처럼 눈을 뜬다

가을비

어제런듯 그제런듯
눈시울에 뜨는 어스름
이날토록 서투른
내 노래를 어루면서
한 무덤
막장 벼랑을
흝고 가는 가을비

갈대

애잦던 굽잇길을
혼백(魂魄)으로 가고 있다
그대가 거느리는
소슬한 바람 한채
가누어
제 목숨 놓아가는
징소리를 듣는다

들끓던 그 물결은
청산에 뉘였으니
호젓이 흔들리며
떼지어 이는 불길
푸른 넋
길어 올리고는
목이 휘는 뻐꾸기

산빛에
기대앉아

어룽지는 풀빛 심사(心思)
응어리진 노래들을
스스로 거둔 손길이여
다 젖은 눈빛 하나로
귀를 밝게 열으시리

불꽃놀이

깡마른 가슴에
누가 산불을 놓나 보다
머리채 풀어헤치며
천둥을 울고 싶은 게지

아편꽃
아편꽃 진다
벙어리 하늘 안고

겨울교실 · 1

가뭄 타는 숲에 들어
실바람도 겨운 내가
너희 곁에서 덤인 양
생수(生水)를 받는구나
생금빛 햇살 뿌리며
날아오르는 새들아

겨울교실 · 2

이십 년도 더 전에
교실 떠난 아이들이
빛바랜 사진 들고
잠긴 태엽 풀면서
밑둥만 덩그런 날 에워
더운 손을 잡는다

제4부 불빛

불빛 · 1

가야 할 섬을 두고
물길이 막힌 날엔
단애(斷崖)에 선듯
어찔한 나를 붙들고
햇무리
달무리 같은
불빛들을 세었다

불빛 · 2

서리찬 바람벌에
뉘 어둠의 방생(放生)인가
꼭두빛 울음 한 점
켜들고 가는 허공
이따금
입 다문 자막 위로
문신(文身)하는 살이 뵌다

불빛 · 3

무심히 빈자리에
양수(羊水)처럼 괴는 눈물
잦아드는 울음살
저리는 어둠 속을
꿰벗은 이름 하나가
유백등(乳白燈)을 켜든다

불빛·4

저 홀로 품어 안고
미쁘디미쁜 사랑
감감한 세상 끝을
어루며 풀치면서
잦히는 그리움 한 자락
산말랑을 넘어간다

불빛·5

어진 눈시울을 내건
저문날의 세상사(世上事)여
마지막 썰물처럼
가슴 부벼 들라는지
무성한 칠흑 뎁히며
젖멍울이 트고 있다

긴긴 날 허공에다
불심지 되놓으며
저 숱한 지평을 밀어
어둠밭을 일구는 손
떨기째 내리는 밤을
길은 멀어 애련해라

불빛·7

진구렁 잠 속에도
외오 푸른 네 눈빛은
호젓한 내 가슴판에
서려앉는 순금 지환(指環)
첩첩 골 세월을 돌아
벙그는 목숨 비늘

불빛 · 8

저물면 창가에 서서
불빛에 눈 적신다
그때마다 네가 오는
얼룩진 꿈길 속을
굽굽이 허기를 돌아
내 문전을 찾은 눈빛

불빛 · 9

저 혼자 켰다 사위는
내 안에 촛불 한 자루
눈두덩이 무르도록
어둠을 찍어낸다
하루를 석삼 년인 양
촉수만 높여 가는가

불빛 · 10

난간에서 귀기울이는
물소리 너머 저자 쪽
바람 몰아 총총히
오고 있을 그림자여
이슥한 어둠 발치에
네 눈빛이 불을 켠다

불빛 · 11

적막까지 짝하여
깊은 골에 앉은 불빛
이마를 어루며
젖은 손을 쓸고 있다
뒤꼍엔
돌아앉은 사랑도
촉을 트고 있으리

불빛 · 12

이명(耳鳴)을 떨어버리고
찾아 나간 새벽 강변
나를 앞질러와
안개 풀고 조는 불빛
허공을 층층이 갈라
길을 내고 있었다

불빛 · 13

허심히 괴는 눈빛
어리어도 보이는데
돋는 불빛에
나를 포개어 가느라면
눈시울
젖는 그만큼을
한기 또한 들곤 한다

제5부 어머니

반지

매끄러운 사연이 아니어도 좋은 거

살아서 멀거니 유예되는 그런 때

꿈같은 연정으로나마 끼워두고 볼 일이야

짱짱한 별난 맹세 걸린 건 아니지만

어느적 설레던 꿈이 퍼득이며 뒤챌 때

다소곳 살붙이로 거둬 닦아도 볼 일이야

한복

서랍장 깊숙이에
세월 잘린 한복 한 벌
열치면
매양 신행길
호사 누려 가자고
때없이 그러는 듯만 싶어
열적어 도로 닫네

오래 두고 삭혀온
정결한 꿈 거두어서
미쁘게 받쳐들고
풋각시 발길인 양
한마당
봄나들잇 적에
떨쳐 입고 싶음이여

빨래

숨구멍이란 숨구멍
죄다
허공에 내어걸고

쏟아지는 햇살 기대어
내
오늘은
젖은 빨래

순백(純白)을 바라고 서서
하냥
뜸들이는 광목빨래

봄빛 · 1

살살 문질러놓은
크레용 텃밭이네

겨우내 무성한 얘기
새말갛게 털리는 빛

복사꽃
청첩장 들고
마을 가득 익는 화음(和音)

봄빛 · 2

절로 번갈아드는
저
무심한 발치에서

해쓱한
이맛전을
자꾸만 쓸어올리며

빈 뜨락
해후(邂逅)의 낱말들이
푸성귀처럼 널렸네

어머니

나뉜 이쯤에서야
풀리는 물결인 당신
당신 눈물첩의 나는
골 깊은 기슭이에요
몰라요, 출렁이는 곡조가
그 어느 문턱인 줄을

죄다 돌아가는 시간
여리게 돌아오는 당신
저문 빗속에서 아득히
닳아지던 아이인 나
한 줌씩 눈물 자르며 이제야
기척으로 오는 당신

거울 앞에서

서른세 번 곤두박질에도 얼비쳐드는 눈물
개켜버린 어머니의 저고리 끝동이 보인다
그 잠적(潛跡) 적시느라 아직도 시린 손을 하고 있다

정색하고 앉으면 더욱 적막한 낯을 하고
무지러진 나이 곁에 엉거주춤 서는 아이
천만길 익사(溺死)를 헤어 도로 먹장이 되는 아이

쑥개떡

진구렁가는 울엄마
바람꽃 이슥한 날
숨아라
숨지 못한
그런 것만 진저리
새파란
허기를 저며
쑥개떡을 빚었다

긴긴 또아리를
허리춤에 틀어서
치대고 내리 치대어
한 덩이 가난을 빚었다
자욱한
황토머리에서
쥐어주던 개떡 하나

육쪽 마늘

어스레한 서녘해를
지고 온 마늘장수

마늘통을 쪼개며
연방
'육쪽 마늘이랑게'

오, 거기
어기찬 엄마 눈물
손톱만큼씩 박혔네

쑥국

쑥국 끓이는 저녁
그윽한 산내 들내

먼 소문 밖으로만
서리던 고향냄새

이윽히
잠긴 이 공간
굽이트는 강물이네

돗나물

푸석땅 틈새기마다
비비대며 뻗친 초록

겨워 돋는 마음인들
저만 싶지 않으리

부시어 저린 허공만
종일을 두고 포갰다

추상(秋想)

갈기처럼 날리는
내 머리칼이 좋다며
해마다 가을이면
그 바다로 가자고
서둘러
엄마 품 떠난
철새마냥
보채던 너

노을을 뿜어 올린
수평선 저 너머로
잠든 파도를 깨워
달려오는
하늬바람
네 동공(瞳孔)
하나 가득히
그 바다가 누웠구나

나 홀로 등피(燈皮) 닦아
고요를 켜고 앉으면
귀뚜리
울음 둘레로
어리는 두 그림자

그리던
그 바닷가에
너와 내가 섰구나

제6부 아파트의 아이들

아파트의 아이들 · 1

습도기 곁에 웅크려
촉을 내는 아이들

지평에 날린 새 한 마리
어느 풍광(風光)을 건너는지

바람은 뉘 풍지에 낚여
이 소문을 놓쳤을까

아파트의 아이들 · 2

아이가 빈 샴푸병으로
물총놀일 하고 논다

동네방네 꼬느다가
하늘까지 꼬느다가

동동동
눈망울만 하늘에 떠서
물방울 소릴 낸다

아파트의 아이들·3

아이들 팔목에선
질펀한 크레용 냄새

순금빛 말 한 필
저무도록 내몰아도

납 같은 바람에 채여
타오르지 않는 갈기

아파트의 아이들·4

산마루 오르려다
옥상에 걸린 아이

흘러든 하늘 깊이
곤두박질치는 아이

아득한 실꾸릴 풀다
꼬리연 되어 갔대

아파트의 아이들 · 5

마른 잠 머리맡에
뒤채는 갈잎소리

땅끝까지 뿌리까지
잦아들지 못한 꿈

아이 손
허공에 실린 흰 손
홀로 깨인 안테나

아파트의 아이들 · 6

열쇠목걸이 한 아이가
청동 빗장 따고 있다

하염없이 일어서
무심한 어둠 따고 있다

빈 가지
죽지도 없이 돋아난
그리움만 따고 있다

벌판

우리 수도(首都)의 중천(中天)은 노상 해거름이다
하냥 떠돌던 동구(洞口) 밖 깜부기떼마냥
낯가린 아이들 목청이 얼려 자나깨나 무성하다

깜부기는 혼자로는 제 생애를 못 가누어
포개고 싶은 손, 손끼리 떼를 지어
이 저녁 저리 꽃다이 불빛 포개고 있나 보다

불빛 사이로 길을 내는 도심(都心) 풍경 너머로
두고 온 시골의 동구 밖이 열리는 밤
진종일 쏠린 길목에 벌판 하나 눕는다

비음(鼻音)

노래까진 멀어서
콧소리만 보내요
뉘 살갗 간지르거나
흥얼흥얼 허공에 떠서
발음도 얻지 못한 채
노래 근처에 남아요

목울대 치고 가는
노래까진 멀어서
몸짓은 보이잖고
시늉만 떠돌다가
가슴에 들지는 못한 채
허공에 머문 콧소리

비닐봉지

이제 사람들은
시간을 말하지 않지요
토막낸 시간들을
비닐 속에 쟁였다가
눈 하나
깜짝이지 않은 채
고스란히 꺼내들어요

비닐 속에 매달린
물방울을 보아요
아, 몇 날 몇 달이고
눈물도
이슬도 아닌 것
진저리
소름이어요
두고두고 씌운 소름

깨어날까요

납작납작 누워 있는 시간들
언제
말을 할까요
진공 속에 갇힌 영원
종내는
심장도 비닐봉지처럼
대롱거릴 거예요

한강 · 1

발칫잠 자는 사내처럼
가로누운
강
허리를
그냥
그냥은
질러갈 수 없구나
그 사내
포개는 발바닥을
침뜸질론 못 떼겠네

한강 · 2

한마장 치뻗힌
잠
무엇으로 되돌릴까
이 목젖에 언제나
얹히는 차량행렬
징 잡힌
두레패 모양
몰고 갈 순 없구나

한강 · 3

입거품 피워 물고
뻘장다리를 껴안고
목 잠긴 아이인 양
사뭇 숨가쁜 자맥질
결리는 늑골 마디마디에
되나캐나 누운 물소리

안개·1

눅눅한 수렁으로
인연의 자투리인 양
잠기는 발목까지
안개가 내리 쌓여
일 놓고 허랑한 날에
분별없이 들레인다

안개 · 2

지천으로 포개네
포개는 사무침 속

낯가려 우는
수만 개 소맷자락

허무를 지우는 발, 발, 발
잡히잖는 수묵(水墨) 한 장

소줏잔

어찌타 내게 와서 배뱅이눈물 되었노
해어지고 더깨진 신발짝까지 끄을며
오늘도 만장(萬丈)의 거울 하나 등짐 부려 놓는군
날 괴고 네가 앉아 사발눈 하고 앉아
낱낱이 들춰 어루며 소리소리 하고 앉아
벼랑도 쓸어 한바다 목놓아 가게 하는군
가다가 더러는 고개도 끄덕일 노릇이지
오고오곤 하는군 흔연히도 오는군
무심도 천만(千萬)무심도 잡힐 듯 길을 내는군

날라리

어이하랴 어이하랴
소용돌이치는 이 가슴
나는야 천둥벌거숭이
벌판 끝에 버려져
밟히는
울음이란 울음
죄다 껴안고 살았었다

민들레가 천지사방
몸을 풀고 있는 곁에
흐너지는 풀각시
맨발로 둥둥 풀각시
떠돌아
허공을 핥는
내 설움만 같았었다

어릿어릿 바람 좇아
목늘이고 가는 밤에

모질게 돌아오던 바람
하얗게 채이는 이슬
으늑한 넝쿨뗏장처럼
엉기고도 싶었다

잦히지 못한 내 설움
산말랑을 넘어간다

황토모롱이 굽돌아가는
가랭이가 보인다

단숨에
진흙탕을 벗어나는
고무신이 보인다

향일성의 시학, 혼신의 시조
- 신복희 시조의 의미 -

이 승 하

시인 · 중앙대 교수

1

　시의 시대가 정말 저물고 있는 것일까. 혹자는 대중문학의 영향력에 대해 감탄하면서 순수(정통)문학의 상대적 위축에 대해 말하고 있고, 또 다른 이는 영상매체의 쇄도에 대해 말하면서 시문학의 위기설을 펴고 있다. 우리 주변에 즐비한 재미난 읽을거리와 컴퓨터 통신과 인터넷, 컴퓨터 게임 등에 독자들이 지금 현혹되어 있기는 하지만 시문학이 그다지 위기 상황에 처했다고 할 수는 없고, 시인이 그런 것들 때문에 위축된 바도 없다고 항변하는 문학인들이 뜻밖에 상당히 많다. 시는 언제나 소수의 독자들만이 읽으며 음미한 장르였다는 것이다. 과연 그런가. 문예지가 여전히 쏟아져 나오고 있지 않은가. 시인이 여전히 많이 배출되고 있고, 시집은 여전히 많이 출간되고 있지 않은가. 그렇다고 하여 시의 영화가 정말 예전과 달라진 바가 없는 것일까. 독자가 시를 읽지 않을 뿐 아니라 아주 따분해하는데 그 많은 시집과 문예지가 무슨 영광이란 말인가.

70년대, 80년대, 90년대 도서출판 시장의 변화를 생각해보자. 누가 뭐라 해도 시집 독자가 줄어들고 있는 것은 사실이다. 시인이 시집을 출간하여 서점에 내놓았는데 도무지 나가지 않고 평론가들은 읽지 않고 언론매체에서는 주목하지 않아 사장되고 만다면 가장 먼저 위기의식을 느껴야 할 사람은 생산자인 시인이다. 그런데 시인만은 여전히 은인자중에 자화자찬이요 유유자적이다. 대중문학과 영상매체가 정보통신의 시대라는 대세에 편승해 일취월장하고 있는 것이 당연지사이니 어쩔 수 없다 치고, 시인이야말로 대오각성하여 언어의 밭을 일구어야 할 텐데 다들 자기 무덤을 파고 있다. 어떻게?

오늘날 시의 위기가 초래된 크나큰 이유가 운문성의 상실에 있다고 필자는 믿고 있다. 시가 도무지 시가 아니다. 문예지상에서 보게 되는 시는 거의 전부가 운문이 아니라 산문이다. 시의 외양은 운문인 것 같지만 4~5행, 심지어는 7~8행 이상이 한 개의 문장으로 된 시도 많다. 읽어도 무슨 뜻인지 모를 활자의 촘촘한 운집, 행과 연으로 나누어져 있는 공허한 독백, 상식적인 이야기를 하고 있는 시인의 뻔한 상상력, 진부한 표현에 어설픈 형식 실험……

산문시도 그 나름의 내재율이 있게 마련인데 '율(격)'을 잃어버리고서 빽빽한 문장으로 이루어진 시를 읽는 괴로움은 너무나 크다. 언어의 절제나 압축적인 표현, 상징적인 묘사가 시의 미덕인 시대는 가고 만 것일까.

이 땅에는 이른바 '시조시인'들이 있다. 우리 시의 전통을 지켜 가는 한편, 시대의 변화에 적응하기 위해, 즉 외형률이란 족쇄를 조금 느슨하게 만들기 위해 부단히 노력하는 시인들이 바로 그들이다. 그런데 우리 문단은 아집과 편견이 강해 그들의 노력에 대해 별다른 관심을 기울이지 않았던 것이 사실이다. 고리타분한 정형시를 쓰는 시대의 낙오자쯤으로 치부해버린 것이다. 3장 6구의 족쇄를 도무지 풀려고 하지 않는 고집쟁이들로 간주한 것도 부인할 수 없다. 필자 역시 그런 아집과 편견에 사로잡혀 있었다. 이번에 읽게 된 한 시조시인의 시선집 원고는 나로 하여금 뼈아픈 반성을 하게 했다. 따라서 이 글은 시만 읽다가 시조집을 한 권 읽고 쓰게 된 한 편의 반성문인 셈이다. 시조 전문 평론가가 아닌 사람이 쓴 해설문이기에 노출될 미숙함에 대해서는 미리 사과를 드린다. 진복희 시인을 비롯해 이 글을 읽을 모든 독자분들께.

2

진복희 시인은 1968년 『시조문학』을 통해 등단했으므로 시력이 어언 30년을 넘어서고 있다. 등단 28년 만인 1996

년에 동학사에서 첫 시집 『불빛』을 냈다고 하니 문단의 시조문학에 대한 홀대 탓에 그다지 화려한 조명을 받아오지는 못한 분임을 알 수 있다.

진복희 시인의 시조를 읽으며 현대시조가 여기까지 이르러 있구나, 하는 감탄을 먼저 하게 된다. 조선조 사대부 계급은 글자 수 맞추기에 급급했지만 시인은 자유롭게 언어를 조율하고 있다. 한 가지 불문율은 종장의 첫 세 글자이다.

<blockquote>
참빗 하나
해거름녘
내 눈빛에 오래 젖는다

소리 죽인 팔십 년
홀로 누린 울타리 속

삼동(三冬)내
울엄니 실낱 울음으로
문풍지 적시던 것
</blockquote>

─「참빗」 전문

시의 내용은 고색창연하다. 참빗과 문풍지가 오늘날 우리 주변에서 흔히 볼 수 있는 물품이 아니기 때문이기도

하고 시의 전반적인 정조가 회고조인 탓도 있다. 하지만 ①3장 6구, ②45자 안팎, ③4음보격이라는 시조의 완고한 전통으로부터 벗어나려는 노력은 이 한 편의 시조에도 여실히 드러나 있다. 종장을 보라. 3·5·4·3이 아니라 3·9·3·4가 아닌가. 그녀의 작품 가운데는 정형을 철저히 지키고 있는 것도 많지만 이런 식으로 파격을 시도하여 시조와 자유시의 경계를 여유 있게 넘나드는 것이 여러 편 보여 무척 신선하게 느껴진다. 다음과 같은 작품은 얼른 보아서는 시조라고 여겨지지가 않는다.

삭히어도 종일을 닳지 않는 돌 하나
그대 지른 팔매질 수심도 없는 길을
흘러서 목숨만 아린 여울 이리 깊을 줄을……
한날 한시라도 그대 떨쳐 버려두고
저리던 어둠자락도 기어이 버려두고
나는야 천둥 벌거숭이 허공뿐인 벌거숭이
말씀 밖으로만 울리는 그대 공허한 발소리
그마저 눈감아 어둠마저 눈감아
마알간 꽃대궁으로 물오르고 싶어라

—「그대·2」 전문

숨구멍이란 숨구멍
죄다

허공에 내어걸고

쏟아지는 햇살 기대어
내
오늘은
젖은 빨래

순백(純白)을 바라고 서서
하냥
뜸들이는 광목빨래

ㅡ「빨래」 전문

　「그대·2」는 그대에게 다가가고 싶고 사랑을 확인하고 싶은 마음은 굴뚝같지만 늘 그대 곁에서 맴돌게만 되는 나의 안타까운 심사가 잘 드러나 있는 작품이다. 「빨래」는 햇살에 마르고 있는 빨래에 내 감정을 이입해, 순백의 세상을 향한 끈질긴 소망을 피력해본 작품이다. 시조집 속에 들어 있으니 시조이거니 하면서 읽게 되지만 시조와 시를 구분 없이 싣는 문예지에서 읽었더라면 틀림없이 자유시로 읽었을 것이다. "시조는 정형(定型)이 아니라 정형(整形)이다"라고 하신 이병기 선생의 말씀이 새삼스레 떠오른다. 정형(定型)이라는 틀에 구애받지 않으면서 완전한 자유시로도 가지 않는 현대시조의 묘미를 나는 진복희의 시

조를 읽으며 십분 맛볼 수 있다. 시조에 문외한인 필자가
그녀 시조의 형식미에 대해 오래 논의할 수 없는 노릇이
고, 내용상의 특징을 논해보기로 하자.

3

진복희의 시조는 밝고 건강하다. 절망과 비탄, 환멸과
치욕을 담고 있는 이 땅의 수많은 자유시가 못마땅한지
그녀는 기왕이면 밝음의 세계를 지향하려 애쓰고 있다. 어
둠 속에서는 불빛을 찾고, 슬픔 가운데서는 희망을 찾는
다. 세상을 거부하려는 몸짓을 보이는 대신 사물에게 다가
가, 가슴을 열고서 감싸안으려고 한다.

그대 그 적막(寂寞) 속에 씨방으로 들어앉아
감감한 어깨를 흔드는 향기 되어
보오얀 분살 오르는 세상 열고 싶었다

— 「꽃」 부분

산빛에
기대앉아
어룽지는 풀빛 심사(心思)
응어리진 노래들을
스스로 거둔 손길이여
다 젖은 눈빛 하나로

귀를 밝게 열으시리

—「갈대」 마지막 연

 들판에 나가서 볼 수 있는 이런저런 사물을 시조라는 그리 크지 않은 화폭에 담을 때, 진복희는 굵게 그리지 세필로는 그리지 않는다. 자연 그대로의 생명력을 예찬할 뿐 세상을 비판하기 위한 시적 상관물로는 결코 다루지 않는다. 「꽃」을 보라, 꽃을 보면 나 또한 꽃이 되어 세상을 열고 싶어한다. 갈대밭에 가서는 산빛에 기대앉아 귀를 밝게 열어둔 갈대들을 보듬어 안는다. 밝음을 지향하는 빛이며 산빛, 눈빛, 불빛, 보랏빛, 생금빛, 햇살, 햇무리, 불길, 초록 등은 그녀의 작품에서 비교적 자주 만나게 되는 시어들이다. 이번에 묶는 시선집 속에 해바라기를 노래한 작품이 들어 있지는 않지만 시집 『불빛』에는 「해바라기」가 있다.

　어질병 몰고 가던
　차창(車窓)으로 언뜻언뜻

　울음도 웃음처럼
　잇몸을 드러내고

　불지핀

크나큰 넋이

잠든 몸을 흔드네

―「해바라기」 전문

제1연에서 독자는 차를 타고 어디론가 가고 있는 화자의 심기가 몹시 불편함을 알 수 있다. 그는 창을 통해 해바라기를 보게 된다. 화자의 눈에 해바라기는 울음을 참고 씩 웃고 있는 것으로 비친다. 시인은 종장에 가서 바람에 흔들리는 해바라기를 "불지핀/ 크나큰 넋이/ 잠든 몸을" 흔드는 것으로 묘사한다. 넋이 몸을 흔드는 것이 해바라기라니! 나는 이 시에서 다음과 같은 주제를 파악해낼 수 있다. '한낱 식물인 저 해바라기도 저렇게 열정적으로, 혼신의 힘을 다해 살아가고 있거늘 만물의 영장이라는 나란 인간은 왜 이렇게 옹졸한가. 해바라기는 수동적으로 바람에 흔들리는 삶을 살지 않고 스스로 넋에 불을 지피며 살아가는구나. 나도 저 해바라기처럼만 살아갈 수 있다면……' 이와 같이 진복희는 끊임없이 빛을 찾아 고개를 돌리는, 향일성의 시학을 견지하고 있다. 그래서 연작시 「불빛」을 13편이나 실은 것이 아닐까. 「불꽃놀이」, 「봄빛·1」, 「봄빛·2」 등도 그러하지만 「녹음」, 「버들개지」, 「쑥국」, 「돗나물」도 밝은 '정신'을 견지하고 있다. 우리를 심각한 고민에 빠뜨리게 하지 않는 대신 밝은 심상을 갖게 한다.

어둠도 깊어지면

스스로 눈을 뜬다

흰 사슬을 풀어서

놓여나는 동짓밤을

누군가

북채도 없이

춤사위를 엮고 있다.

―「눈발·1」 전문

가뭄 타는 숲에 들어

살바람도 겨운 내가

너희 곁에서 덤인 양

생수(生水)를 받는구나

생금빛 햇살 뿌리며

날아오르는 새들아

―「겨울교실·1」 전문

눈발 날리는 날의 밤 풍경을 멋지게 그려낸 앞의 시나 겨울날 교실에 모여 공부하고 있는 시골 초등생들을 스케치한 뒤의 시나 심각한 고뇌나 우리네 일상의 고통이 담겨져 있지 않다. 건전하고 건강하다. 밝고 따뜻하다. 순수하고 숭고하다. 가난이란 천형을 지고 살아가신, 유독 눈물이 많던 어머니를 회상하며 쓴 「어머니」, 「거울 앞에

118

서」, 「쑥개떡」, 「육쪽 마늘」 같은 시도 회한과 비탄의 정
조 대신 자랑스러워하고 애틋한 정이 담겨 있기에 따뜻하
게 다가온다. 그녀 시에서 갈등의 드라마를 찾아볼 수 없
어 아쉽기는 하지만 사람이 자연(동식물을 포함한)과 사물
에게 전하는 체온은 얼마든지 느껴볼 수 있다.

4
진복희 시의 건강함과 밝음은 특유의 강인한 정신력에
서 나오는 것이 아닐까. 은근함과 끈질김, 혹은 옹골참과
굳건함 같은 것. 여성성이 농후한 다음과 같은 시는 오히
려 예외에 속한다.

진날 갠날 허적이며
설디선 당신 발가락
싸안아 받고 싶어요
무량의 빈 손으로
신새벽
움돋는 이름처럼
뿌리되어 땅이 되어

－「버선」 부분

그녀 시의 주류는 이런 여리고 섬세한 정조에 묶여 있
지 않다. 파도·석양·섬 같은 자연 상관물을 시의 소재로

다룰 때, 진복희는 다른 시인들처럼 자연에 순응하고 친화하려는 노력을 하지 않는다. 자연과 대결하려는 끈질긴 기개를 보여주어 강인한 힘이 느껴진다. 시조, 여성시인, 지천명의 나이 등이 주는 선입견을 여지없이 무너뜨리며 진복희의 시조는 이렇게 임립한다.

새우잠 자는
내 등짝을
파도가 후려친다

물결에 몸을 맡겨
물살 헤쳐 가라고

거슬러
허우적대는 나를
매질하듯 후려친다

— 「파도 —지천명(知天命)·2」 전문

살점을 다 발리고
뼈만 데리고 돌아온 노인

등 굽은
바다 한 끝을

간신히 치켜들고

뒤채는
물굽이 굽이
혼신(渾身)으로 지운다
                    ―「석양(夕陽) ―지천명(知天命)·3」 전문

한 물결 재워 보내면
또 한 물결 나울쳐 온다
물벼랑 타내리며
끝도 없이 타는 기갈
끓는 피 다 썰물지면
짓무른 멍이 남을까

                    ―「섬·1」 부분

　‘지천명’을 부제로 삼은 두 편의 시에는 나이를 먹어가
고 있는 것에 아랑곳하지 않고 더욱 강인한 정신력을 견
지하려는 시인의 당찬 결심이 드러나 있다. 파도는 시인에
게 거듭 말한다. 웅크리고 자지 말고 일어나 물살을 헤쳐
가라고. 너는 아직도 할 일이 많이 남았다고. 「석양(夕陽)」
은 헤밍웨이의 「노인과 바다」를 연상시킨다. 그 소설이 잘
보여주었듯 바다와 혼신의 힘을 다해 대적했기에 노인은,
아니 시인은 뒤채는 물굽이를 등 뒤에 둘 수가 있는 것이

다. 석양도 그렇기 때문에 인생의 황혼으로 해석해서는 안
된다. 시인은 이렇듯 자연과의 교감과 친화를 쉽게 이야기
하지 않고 오랜 대결 후에 가능하다고 보고 있다. 「섬·1」
도 박력이 넘치는 시이다. '나울(<너울)', '물벼랑', '타는 기
갈', '끓는 피', '짓무른 멍' 등 강한 시어는 강인한 정신력
과 격정적 삶에 대한 시인의 동경을 엿보게 한다. 그녀의
시는 이처럼 눈부신 이미지를 제시한다. 별다른 주제가 감
지되지 않는 시들도 선명하게 그린 정경에 그만 눈이 부
신 것이다.

동천(冬天)을 수틀삼아

넋을 뜨던 바늘 자국

매운 바람을 갈라

말문 이제 트이신가

가슴 속

빙판을 질러

날아오르는 새떼들

―「눈발·2」 전문

「눈발·1」도 그러했지만 이 시도 서정시 일반의 유약함
과는 거리가 있다. 하늘을 가득 메운 눈발을 "동천(冬天)
을 수틀삼아/ 넋을 뜨던 바늘 자국"과 "가슴속/ 빙판을 질
러/ 날아오르는 새떼들"로 묘사해내기란 결코 쉬운 일이

아니다. 강인한 정신력 없이 쉽사리 건질 수 있는 시구가 아닌 것이다. '혼신(渾身)'의 시조 ―심혈을 기울이되 말을 숨기고 죽이고 해야 시조가 될 수 있음을 진복희는 우리에게 보여주고 있다.

5

진복희 시조의 장점은 이것 외에도 순우리말, 즉 토착어에 대한 관심을 들 수 있다. 시조를 쓰고 있기에 붙들어 지켜야 할 것이 시의 형식인 것이야 두말할 나위가 없겠지만 시어의 토착화를 위한 노력도 간과해서는 안 될 사항이다. 외래어의 홍수에 휩쓸려 사는 우리로서의 사전 속에서 막 숨을 거둔 토착어를 부활시키는 일을 해야 할진대, 이것은 시조시인에게만 지워진 짐이 아니다.

「청맹(靑盲)」 …… 돌피, 귀울음, 살접 붙이다

「한복」 …… 열적다, 미쁘다, 풋각시

「날라리」 …… 흐너지다, 으늑하다

이런 순우리말을 자주 만날 수는 없지만 시의 공간에 적절히 자리잡고 있고, 작품의 품격을 높이는 데도 한몫을 한다.

하지만 진복희 시인이 갖고 있는 모든 점에 찬사를 보내고 싶지는 않다. 앞에서 필자는 「참빗」에 대해 '회고조'라고 언급한 바 있다. 아닌게아니라 진복희의 시조는 전반적으로 지나치리만큼 복고풍이라고 생각된다. 시조의 현대화를 위해서는 형식에 있어서의 실험정신도 중요하지만 소재가 보다 현대화될 필요가 있다. 옛 형식에 옛날 이야기를 담는다면, 유년과 고향에 대한 향수에서 벗어나지 못한다면 첨단 정보통신의 시대를 살고 있는 아래 세대의 독자는 관심도 안 갖겠지만 이해도 못할 것이다. 그런 점에서 「아파트의 아이들」 연작 6편, 「한강」 연작 3편 및 「아파트」, 「비닐봉지」 같은 시조는 형식의 한계를 벗어나려 노력한 결과 얻어진 작품이기에 더욱 신선해 보인다.

6

거듭 말하는 것이지만 시의 산문화란 곧 시인의 자기 무덤 파기이다. 오늘날은 시 언어의 무방비 시대로서 시인의 자충수에 독자들이 혀를 차며 떠나고 있는 판국이다. 정신의 집중이나 언어의 절제를 도무지 하지 않으면서 대중문학과 영상문화 탓만 하고 있다. 딱하다, 여백의 미를 무시하고 행간에 뜻을 감출 줄 모르는 사람이 시인으로 일컬어지고 있으니. 우리는 한 행 한 행 혼신의 힘을 다해 수를 놓듯 써나가는 사람에게 시조시인이라는 족쇄를 채워 외면해왔다. 이제 그 족쇄를 풀어드리도록 하자. '진복희'라는 이름이 형식과 내용 그 어느 면에서나 국민시가의 영역을 넓히고, 웅숭깊은 운문의 우물을 판 시인으로 길이 기억되기를 바란다.

진복희 연보

1947년 전북 남원 금리에서 출생.

1948년 전주로 이주, 성장기를 보냄.

1965년 전주여자상업고등학교 졸업. 자유시 수업을 하다가 고등
학교 3학년 때 시조시인 구름재 박병순 선생님의 영향으
로 시조로 전환, 이화여자대학교 문예현상공모에서 시조
부문 특선 당선, 경희대학교 문예현상모집에서 시조부문
차석 당선.

1967년 경희대학교 국문과 입학. 『시조문학』을 통해 「진달래」
(1967. 2), 「달밤」(1967. 6), 「추상」(1968. 4) 등으로 등단.

1971년 경희대학교 국문과 졸업.

1973년 전주 완산 중·고등학교 교사 부임, 이후 3년간 근무.

1975년 5월 시조시인 류제하(柳齊夏)와 결혼.

1976년~1980년 『시조문학(時調文學)』 편집.

1981년~1982년 『한국시조큰사전』 편집.

1982년 시인 박경용 선생 권유로 동시조 창작도 겸함.

1982년 7월~ 범한출판사 편집부에 근무, 이후 풍생문화사, 일월
서각 편집부에 근무.

1983년 『표현』 동인회 결성(박병순, 천이두, 이운룡, 진동규, 진복
희 등)

1985년 우리 나라 동요 감상, 『이슬비 색시비』(박경용 엮음, 중앙

일보사)에 「들길 산길」이 실림.

1991년 6월 남편 류제하(柳齊夏)와 사별(死別), 류제하 시인의 유
고집 『변조(變調)』(아름다운 세상)를 묶어냄.

1992년 『아동문학평론』 가을호 동시조 특집을 계기로 동시조
『쪽배』 동인회 결성(박경용, 진복희, 송길자, 임형선, 신
현배, 서재환).

1994년 12월~ 6개월 동안 『월간(月刊)에세이』에 진복희칼럼
연재.

1996년 첫시집 『불빛』(동학사) 출간.

1996년 6월 『현대문학』에 시집 『불빛』이 유재영 시인의 월평으
로 다루어짐.

1996년 8월 『시문학』에 시집 『불빛』에 대한 박경용 선생의 서평
「허공과 갈증의 미학」이 실림.

1996년 11월 가람시조문학상 수상.

1997년 5월 『시문학』에 '동시조 특집' 발표.

1997년 12월 동시조 『쪽배』 동인회의 쪽배 1호 『어린달과 어울
리러』를 펴냄.

1997년 『열린시조』 겨울호에 60년대 시인들 기획특집에 「아파
트」, 「초침」, 「지천명」 등을 발표. 이지엽 시인의 작품평
이 함께 실림.

1999년 12월 동시조 『쪽배』 동인회의 쪽배 2호 『5대 4』를 펴냄.

참고문헌

유재영, 「월평」, 『현대문학』, 1996. 6.

박경용, 「허공과 갈증의 미학」, 『시문학』, 1996. 8.

이지엽, 「순수와 화해와 자존(自存)의 내면풍경」, 『열린
시조』, 1997. 겨울.